Desafío lunar

PIZCA DE SAL

1.ª edición: marzo 2012
7.ª impresión: octubre 2018

Dirección de la colección: Olga Escobar

Juan Ignacio Luca de Tena, 15. 28027 Madrid
www.pizcadesal.es
e-mail: anayainfantilyjuvenil@anaya.es

Diseño de cubierta:
Miguel Ángel Pacheco, Javier Serrano
y Patricia Gómez

ISBN: 978-84-667-2947-1
Depósito legal: M. 4077/2012

Impreso en España - Printed in Spain

Las normas ortográficas seguidas son las establecidas por la Real Academia Española en la *Ortografía de la lengua española* publicada en 2010.

Ana Alonso

Desafío lunar

Ilustraciones
de Lucía Serrano

ANAYA

Capítulo 1

Galletas de queso. Creo que mi «recurso energético de emergencia» van a ser las galletas de queso. En el *Manual del Superhéroe Moderno* pone que todo superhéroe tiene que tener un «recurso energético de emergencia» especial. Tiene que ser una comida que al superhéroe le guste mucho y le haga recuperar fuerzas rápidamente. Yo he estado dudando entre el chocolate caliente (que me encanta) y las galletas de queso, pero al final me he decidido por las galletas de queso. Se trata de una comida para emergencias, y es un poco difícil llevar una taza de chocolate caliente en el uniforme de superhéroe por si la necesitas en caso de emergencia... No sé, yo creo que las galletas de queso son más prácticas.

El *Manual del Superhéroe Moderno* también aconseja hacerse una página web en internet para que cualquiera pueda localizarte en caso de necesidad. Tienes que poner tu nombre completo, tus superpoderes más desarrollados, tus herramientas tecnológicas, tus principales hazañas (con fotos de tus enemigos más importantes) y una sección para sugerencias y comentarios. Como soy menor de edad, para hacerme la web tuve que pedirle ayuda a mi madre. La verdad es que ha quedado bastante bien...

En la página de inicio pone: «Web oficial del Superhéroe Lucas», y debajo hay una foto mía en la que se me ve lanzándole un cohete de color rosa y verde a mi archienemigo Noir, el malvado hechicero intergaláctico. Debajo, mi madre ha puesto un recuadro con algunos datos importantes sobre mí:

Edad: ocho años.
Color favorito: rojo.
Comida favorita: macarrones con tomate.
Aficiones: leer, jugar a videojuegos y luchar con los villanos.
Superpoderes: brazos convertibles en herramientas de todo tipo, vuelo en monopatín.
Truco favorito: superbrazo-garfio.
Mascota: ninguna (por el momento).

Aquí no he puesto las galletas con queso, porque podrían dar pistas a mis enemigos sobre mi «recurso de emergencia», así que he preferido poner «macarrones con tomate», que también me gustan mucho.

Las otras secciones también han quedado muy bien, sobre todo la sección de «hazañas». Hay un vídeo que le grabé a Noir un día que nos enfrentamos en una batalla intergaláctica, aprovechando que se mareó y se quedó inconsciente en el suelo. Es muy curioso, porque Noir tiene los ojos abiertos, y en cada uno de ellos hay un remolino de un color distinto, una espiral que da vueltas y vueltas... ¡Uf! Cada vez que veo el vídeo, se me ponen los pelos de punta.

En general, yo creo que la web ha quedado estupenda. Estoy tan orgulloso, que cada día entro por lo menos diez o doce veces en internet para echar un vistazo, y para ver si alguien me ha dejado algún comentario. Los primeros días me llevaba siempre una desilusión, porque no había nada. Luego empezaron a llegar mensajes de niños que quieren convertirse en superhéroes, pidiéndome consejo. Yo les contesto a todos lo mismo: que busquen dentro de ellos, a ver si tienen algún superpoder. Y, si no lo tienen, que jueguen a ser superhéroes, pero sin llegar a creérselo de verdad... Porque intentar trabajar de superhéroe sin tener superpoderes es muy, muy, peligroso.

Hace dos días, me llegó un mensaje bastante distinto de los demás:

Tu página da asco y tus superpoderes también. ¡Vaya un superhéroe de pacotilla! La próxima vez que nos enfrentemos te voy a hacer picadillo, ¡enano!

El mensaje estaba firmado por un tal Nori, pero no consiguió engañarme con ese ridículo nombre falso: está claro que su verdadero autor es Noir, mi archienemigo... Le contesté diciéndole que le había descubierto, y un montón de seguidores del blog enviaron comentarios poniéndole verde y llamándole cobarde por no haberse atrevido a firmar con su verdadero nombre.

Lo que está claro es que Nori (perdón, Noir) ha vuelto desde el pasado, adonde yo lo envié en una de mis últimas aventuras. Ya suponía yo que encontraría algún truco para regresar al presente. Es muy poderoso, Nori (perdón, Noir), y parece que la tiene tomada conmigo...

Pero el mensaje de Noir no es el más interesante que he recibido en mi web. Ayer por la tarde recibí un mensaje de una niña superheroína. Me puse nerviosísimo, porque es una superheroína muy famosa en los círculos especializados. Se llama Leonor, y tiene ocho años, como yo.

Leonor me escribió un mensaje muy corto que decía solo lo siguiente:

Encantada de conocerte. Te invito a pasarte por mi web y a hacerte seguidor de mi blog. Para entrar, solo tienes que pinchar aquí:
www.superheroinaleonor.com.

Pinché en el enlace, claro. ¿Quién se habría resistido? La página que se abrió era de esas que te dejan con la boca abierta. Tenía hasta animaciones: en cuanto entrabas, aparecía una capa azul con una «L» dorada flotando en un cielo soleado, y luego, de la capa iban apareciendo unos brazos y unas piernas enfundados en un mono dorado también...

Lo último en aparecer era la cabeza de Leonor. Tiene una cabeza bastante bonita, si te da por fijarte en ese tipo de cosas: ojos verdes, pelo oscuro sujeto en una cola de caballo, sonrisa triunfadora... Y encima de su cabeza, en letras de oro, apareció un titular impresionante:

SUPERHEROÍNA LEONOR
ESPECIALISTA EN CAMUFLAJE E INVISIBILIDAD

Bueno, tengo que reconocer que estaba muy logrado. Hasta ese momento, yo me sentía superorgulloso de mi página web, pero la de Leonor hizo que la mía me pareciese un trabajo de aficionados. Que es lo que es exactamente, porque la hemos hecho entre mamá y yo. De todas formas, no quería que ella me tomase por un envidioso, así que le dejé un mensaje muy amable en su sección de comentarios:

Estupenda página. Si algún día necesitas un colaborador, recuerda mi superbrazo-garfio. Podríamos formar un gran equipo.

La verdad es que la idea de formar un equipo se me ocurrió sobre la marcha. En su sección de ar-

chienemigos, Leonor también tenía fotos del hechicero Noir. De verdad, no sé cómo este hombre tiene tiempo de luchar contra tantos superhéroes. Es «flipante»... ¡Y en sus ratos libres, encima se dedica a robar superordenadores cuánticos y naves intergalácticas letales!

No sé cómo lo hace, en serio.

En fin. Siguiendo con mi historia, cuando salí de internet me fui a la cocina y me zampé media docena de galletas de queso con una taza de chocolate. Luego me comí una manzana. Y me quedé pensando en aquella cara que aparecía justo encima de una capa azul con una «L» dorada...

Pero solo un rato. Después me puse a jugar a un videojuego y me olvidé de Leonor.

No volví a acordarme de ella hasta esta mañana, cuando entré en mi página web y vi un mensaje muy raro en la página de comentarios. Era muy raro por dos motivos: porque estaba escrito en letras de oro y porque aparecía y desaparecía.

Estaba firmado por Leonor, y lo que ponía era todavía más raro:

Dijiste que podíamos formar un equipo. Pues este es el momento. ¡Socorro, Lucas! Necesito tu ayuda. Estoy atrapada en la Luna, y tienes que ayudarme a escapar.

Capítulo 2

Bueno, el mensaje no era muy concreto, que digamos. No es que yo sepa mucho de la Luna, y es verdad que desde aquí, desde la Tierra, se ve bastante pequeña. Pero de todas formas, el mensaje podría haber sido un poco más claro. Leonor está atrapada en la Luna, sí, pero ¿en qué parte? ¿Al norte, al sur, al este, al oeste?

Como no tengo ninguna dirección de correo electrónico suya, le contesté a su mensaje pidiéndole más información. De eso hace una semana... y no me ha contestado todavía.

Puede haber varias explicaciones: una, que la conexión a internet desde la Luna no funcione del todo bien (con lo lejos que está la Luna, no me extrañaría); otra, que el ordenador o el teléfono se le hayan quedado sin batería y no pueda conectarse; y otra, que alguien la tenga secuestrada y no le permita usar el ordenador o el teléfono. Eso complicaría bastante las cosas, porque significaría que, para liberar a Leonor, antes tendré que enfrentarme con alguien... ¿Será un supervillano desconocido? ¿Será uno de mis archienemigos habituales? ¡Quién sabe! ¡Ojalá Leonor lo hubiese aclarado en su mensaje!

De todas formas, ese no es el mayor de mis problemas. Quiero ayudar a Leonor, claro, porque por algo soy un superhéroe y todo eso. Además, es una compañera de trabajo. Una colega... Y a los colegas hay que echarles una mano (o un superbrazo mecánico) siempre que se puede. Sí, lo sé. No hace falta que nadie me lo diga: quiero ayudarla, pero ha pasado una semana y todavía estoy aquí, en la Tierra. Debería haber ido ya a rescatarla. ¡Pero me ha sido imposible! Después de mi última aventura, mi nave anfibia quedó destrozada. He estado ahorrando para repararla, pero con la propina que me dan mis padres, no me llega. Y como soy menor, no me permiten cobrar por mis trabajos como superhéroe...

Total, que he tenido que recurrir a una solución desesperada. Le he pedido ayuda a Cadmio, un cyborg que conozco y que hace trabajos de mecánica espacial en sus ratos libres. Es un buen mecánico, y gracias a sus diez brazos robóticos trabaja

bastante deprisa. Además, me debe una, porque le salvé de unos ladrones interplanetarios que intentaron asaltar su negocio. Pero de todas formas habría preferido no tener que pedirle ayuda, porque es un poco... un poco apestoso... por decirlo suavemente.

El problema son sus glándulas alienígenas defensivas. Las utiliza para ahuyentar a sus ene-

migos, sean de la galaxia que sean. Con los ladrones que lo atacaron no le sirvieron de nada, porque eran robóticos. En cambio, yo estuve a punto de desmayarme en su taller, de la peste que soltaban...

Y ahora resulta que todos los días tengo que pasarme por ese mismo taller, a ver cómo va la re-

paración de mi nave. Cadmio no quiere que hablemos por teléfono... dice que tengo que ver los progresos en directo.

Esta mañana, me saludó con una gran sonrisa, agitando cinco de sus diez ciberbrazos.

—Hola, Lucas, bienvenido. Las cosas van bien —me dijo—. He conseguido una de las piezas que me faltaban para reparar los amortiguadores... ¿Qué pasa? ¿Por qué arrugas la nariz?

Era por el olor, claro, pero no podía decírselo, porque se habría ofendido y, después de todo, es un amigo.

—Es que... es que estoy preocupado —le contesté—. Sé que estás haciendo lo que puedes, Cadmio, pero necesito la nave cuanto antes. Tengo una misión pendiente...

—¿Y no puede esperar?

—No. Tengo que realizarla lo antes posible. Verás, se trata de ir a un sitio que no puedo decirte, porque es secreto. Y estas últimas noches me he dado cuenta de que a ese sitio le están ocurriendo cosas raras.

—¿Cosas raras? ¿Qué clase de cosas? —preguntó Cadmio—. ¿Disturbios galácticos? ¿Cambios climáticos? ¿Catástrofes naturales?

—Puede que sea esto último. Lo siento, no puedo darte más detalles... Pero ¡por favor, termina lo antes posible con la reparación!

Es verdad que quería presionar a Cadmio para que acabara cuanto antes su trabajo, pero no le he mentido.

Como estoy de vacaciones y no tengo deberes, estos días me acuesto más tarde, y he tenido tiempo de fijarme cada noche en la Luna antes de irme a la cama. Ya sabéis, para ir preparando la operación...

Bueno, pues ahí viene la noticia bomba. Resulta que la Luna está encogiendo.

La primera noche pensé que eran figuraciones mías. O quizá un efecto óptico. A lo mejor, por algún motivo, la Luna parecía unas veces más grande y otras más pequeña en el cielo...

Pero después de una semana de observaciones continuadas, puedo afirmar con toda seguridad que la Luna realmente se está haciendo más pequeña. Cada día le arrancan un trozo. Ya ni siquiera es redonda. Ahora parece un cruasán gordito y plateado.

Algo tan grave como esto no puede habérseles pasado a los periodistas, por muy despistados que sean. Al menos, eso fue lo que pensé al principio. «Esto tiene que haber salido en las noticias —me dije—. Es imposible que no haya salido»...

Así que le pregunté a mi padre, que todos los días lee el periódico *online* mientras desayuna. Se lo pregunté ayer a la hora de cenar. Pero no sé, mi padre anda muy distraído últimamente con el trabajo, y la verdad es que no me hizo mucho caso. Yo creo que ni siquiera entendió lo que le decía.

—Me parece que a la Luna le está pasando algo, papá —le expliqué—. ¿No decía el periódico nada sobre eso?

Mi padre levantó la vista del plato de guisantes y me miró con aire ausente.

—No sé, hijo. Últimamente no tengo tiempo de leerme las noticias científicas.

—Pero una cosa tan importante, tendría que salir en la página principal, ¿no?

—Que a ti te parezca importante no quiere decir que sea importante —dijo mamá—. Ya sabemos que a los niños os gustan mucho las cosas del espacio, y los dinosaurios, y todas esas informaciones curiosas pero que no sirven para nada. Por desgracia, los mayores no podemos perder el tiempo con esas curiosidades.

—Es verdad lo que dice tu madre, hijo —intervino papá—. A mí de pequeño también me encantaban los dinosaurios, pero, por desgracia, ahora tengo que dedicar mi tiempo a cosas más importantes, como la bolsa, los indicadores económicos...

—¿Qué son los indicadores económicos? —pregunté.

—Paciencia, hijo —murmuró papá—. Lo sabrás cuando seas mayor. Tú tranquilo, y, sobre todo, no te preocupes por los dinosaurios. Hace millones de años que desaparecieron.

Con un suspiro, volvió a sus guisantes; y yo, naturalmente, no volví a preguntar.

Capítulo 3

De todas formas, he seguido observando, y la cosa empeora de día en día.

¿Os acordáis de lo que os dije sobre que a la Luna le faltaba un trozo y tenía forma de cruasán? Bueno, pues es como si cada día un monstruo invisible le diese un mordisco al cruasán... ¡Y ahora queda solo una rodaja de Luna finísima!

Cuando pienso en la pobre Leonor me dan escalofríos. ¡Está atrapada allí! Es como estar prisionero en una habitación que se va haciendo más y más pequeña... Cualquiera tendría miedo, ¿no?

Por lo menos, sé que sigue viva. Y también sé algo más: el que la dejó encerrada en un módulo lunar es un viejo conocido mío. Casi no me lo podía creer cuando recibí el mensaje. Se trata de Noir...

El mensaje llegó ayer a mi página web, y era todavía más corto que el anterior. Decía lo siguiente:

¿Cuándo vas a venir? Esto no es un juego... ¡Estoy en manos de Noir!

Supongo que Leonor se las arreglaría para escribirme usando sus poderes de invisibilidad. Pero, ya que estaba en ello, podría haberse alargado un poco... ¡Si no me da más información, no sé cómo voy a encontrarla!

Además, a la nave le faltan todavía tres días para estar reparada del todo. Y temo que la Luna, para entonces, haya desaparecido del todo... ¡Y Leonor con ella! ¿Quién la estará destruyendo? ¿Será Noir?

En situaciones desesperadas, hay que tomar medidas desesperadas. Lo dice el *Manual del Superhéroe*... Así que ayer, después de recibir el mensaje, decidí ir a visitar a mi abuela Ruth.

Mi abuela Ruth vive en un hogar para superhéroes jubilados que está en una isla paradisíaca de los Mares del Sur. Tuve que usar mi monopatín volador para llegar... A mis padres les dije que habían alargado el horario de la ludoteca y que ahora te podías quedar también a dormir por las noches, como si fuera un campamento. Les dije que quería quedarme y me dieron permiso... No sospecharon nada.

Cuando llegué al Hogar del Superhéroe Jubilado, me encontré a mi abuela tomándose un zumo de frutas tropicales debajo de una palmera. Estaba con algunos amigos: Mac Mosquito (un anciano que todavía conserva el poder de transformarse en mosquito cuando quiere), la increíble Sweet (capaz de destruir a sus enemigos lanzando chorros de caramelo y chocolate derretido y supercaliente) y Katy, la mujer-ballena.

Mi abuela Ruth se puso muy contenta de verme.

—¡Lucas, cuánto tiempo! ¿Qué te trae por aquí? Espero que tus padres estén bien; ya me contarás...

—No te preocupes, están perfectamente. Pero necesito hablar contigo, abuela. En secreto...

Sweet y Katy sonrieron con aire comprensivo. Creo que Mac Mosquito frunció un poco el ceño, pero no estoy seguro.

—Perdonadme un momento, chicos, pero tengo que hablar con mi nieto —dijo la abuela levantándose—. Vamos a dar un paseo por la playa, Lucas, ¿qué te parece?

Me pareció muy bien, por supuesto. La playa me encanta, y decidí que, después de hablar con mi abuela, me quedaría un rato a jugar con la arena. Nunca he probado a convertir mi brazo superpoderoso en un molde para hacer castillos...

Pero el trabajo es lo primero, así que le expuse a la abuela Ruth mi problema con la Luna.

La abuela me escuchó con una calma sorprendente. Cuando terminé de explicar lo que había observado en las últimas semanas, cerró los

ojos, chasqueó los dedos, y aparecieron volando una sombrilla, una mesa, dos butacas de lona y dos copas de helado con bolas de distintos sabores y bengalas encendidas.

Se me había olvidado explicar que los superpoderes de mi abuela le permiten mover objetos con el pensamiento. Es algo muy práctico, y muy poco corriente. Pero como la abuela está jubilada, ya no utiliza sus poderes casi nunca. Solo cuando quiere impresionar a alguien... o cuando está a solas con algún miembro de su familia.

—Lo que has observado no debe preocuparte, Lucas —me dijo, mientras con un chasquido de sus dedos hacía venir volando a mi mano una cuchara de helado—. Es un fenómeno completamente natural. ¿Nadie te lo ha explicado nunca? Son las fases lunares...

Le dije a la abuela que no con la cabeza. No podía decírselo con palabras, porque tenía la boca llena de helado.

—Bueno, verás. A ver cómo te lo explico... No sé si sabes que la Luna es un satélite de la Tierra. Eso quiere decir que gira alrededor de nuestro planeta. ¿Y sabes cuánto tarda en dar un giro completo? Unos veintinueve días y medio, más o menos.

—Algo de eso había oído —dije, aunque no me acordaba muy bien—. Pero ¿eso qué tiene que ver con que la Luna esté desapareciendo?

—Es que la Luna no está desapareciendo. Lo que pasa es que, a medida que va girando alrededor de la Tierra, el Sol la va iluminando desde ángulos diferentes. A veces ilumina un trozo más grande, y a veces un trozo más pequeño. Por eso, unas veces parece redonda, otras tiene forma de «C», y otras parece que ha desaparecido.

—O sea, ¿que eso pasa siempre igual? ¿Con cada vuelta que da la Luna alrededor de la Tierra?

—Exactamente. La Luna, vista desde la Tierra, puede tener cuatro aspectos diferentes, que se llaman fases lunares. Cuando el Sol le da de lleno la vemos redonda, y entonces decimos que está en fase de «Luna llena». Pero luego, cuando la Luna sigue girando, el Sol ya solo ilumina una parte que cada noche se vuelve más pequeña... Y entonces se dice que la Luna está en fase de «cuarto menguante».

—Pero no se está haciendo más pequeña de verdad... ¡Solo es que el Sol ilumina un trozo más pequeño! Ahora lo entiendo...

—Claro, porque la luz le da de lado. Y llega un momento en que la Luna, al girar, se coloca de espaldas al Sol, de manera que nosotros solo vemos la mitad de la Luna que queda en sombras. Es decir, que no la vemos... Y parece que no hay Luna. Es lo que se llama fase de «Luna nueva».

—Y sigue girando...

—Sí. Y otra vez, el Sol vuelve a iluminar un trozo que, cada noche, se va haciendo más grande. Es la fase de «cuarto creciente». Se distingue del cuarto menguante porque, cuando está creciendo, la Luna tiene forma de «D».

—Qué curioso...

—¿Verdad que sí, Lucas? Piénsalo... «Decreciente» es una palabra que empieza con «D». Dicen que la Luna es mentirosa, y nos enseña la «D» de «decrecer» cuando en realidad crece. Es un truco para acordarse.

—¿Y cuando está en cuarto menguante no tiene forma de «D»?

—Pues no. Más bien se parece a otra letra... A la «C». Cuando mengua, o decrece, la Luna nos enseña la «C» de «crecer». Recuerda: la Luna es mentirosa... Cuando nos enseña la «C», es que no crece; y cuando tiene forma de «D», es que crece.

DECRECE
CRECE

—Intentaré acordarme. De momento, me has solucionado mi problema. Ahora sé que la Luna sigue ahí aunque no la vea bien, porque el Sol no la ilumina... Claro, ¡la Luna no tiene luz propia! Solo se ve cuando le da la luz del Sol... ¡Debería haberlo pensado!

—No te preocupes, es normal que estuvieses preocupado. Lo importante es que has observado lo que ocurría y has buscado una explicación. Bien hecho, Lucas... ¡Eso es lo que debe hacer siempre un buen superhéroe.

Capítulo 4

Mi abuela me invitó a quedarme a jugar a los bolos con sus amigos, pero dije que no. Tienen una forma muy particular de jugar: Sweet lanza telarañas de algodón de azúcar para dejar los bolos pegados al suelo cuando le toca al otro equipo, y Mac Mosquito distrae a sus rivales posándose en su nariz, mientras mi abuela utiliza su mirada para tirar los bolos directamente, sin usar pelota ni nada... ¡Así no hay forma de terminar una partida!

Me despedí de mi abuela en la playa. Tenía pensado hacer un par de castillos de arena antes de volver a casa en mi monopatín volador, pero me aguardaba una desagradable sorpresa...

Salió de detrás de unas rocas, disfrazado de pescador. ¡Tendríais que haber visto a Noir con aquel sombrero de paja deshilachado, las botas de goma verdes y el impermeable amarillo! Vaya pinta.

Me sonrió desde lejos, saludándome con la mano como si fuera mi mejor amigo. ¡Menuda cara! Si por él fuera, yo estaría atrapado en cualquier satélite, asteroide o roca del espacio exterior, igual que Leonor. Su amabilidad no era más que un truco.

Me quedé esperando a que se acercara mientras convertía mi mano en una pinza ultraresistente, por si acaso.

—Así que eres amigo de Leonor —me dijo—. Vaya, vaya, y yo sin saberlo... ¡A ver si va a resultar que es tu novia! Lástima que no vayas a volver a verla.

—No es mi novia, pedazo de supervillano —le contesté—. Pero como le hayas hecho daño, te vas a arrepentir. Te voy a...

—¿A qué? ¿Me vas a retorcer un brazo con tu ridícula pinza de cangrejo? Vamos, no me hagas reír, pequeño. Además, he venido en son de paz. No veo por qué tú y yo no podemos ser amigos...

—¿Porque tú quieres dominar el mundo y a mí no me gusta la idea? —le pregunté en tono burlón—. No me lo trago, Noir.

—Escucha, esta vez va en serio —me dijo Noir, mirándome fijamente y bajando la voz—. Es-

toy harto de este trabajo; sin horarios, sin vacaciones, sin pagas extraordinarias... Quiero cambiar de vida. Y tú puedes ayudarme a hacerlo.

Tengo que admitir que, a pesar de que seguía sin confiar en él, Noir había logrado despertar mi curiosidad.

—¿Ayudarte? —le pregunté—. ¿Ayudarte cómo?

—Este lugar —dijo Noir, acercándose un par de pasos a mí mientras me miraba fijamente con sus ojos como molinillos de colores—. El Hogar del Superhéroe Jubilado. Sería perfecto para mí. Al fin

y al cabo, yo también soy una especie de superhéroe... Lo que quiero es retirarme y venir a vivir aquí. Tú puedes ayudarme. Tu abuela es un personaje influyente en la isla. Con una recomendación suya, seguro que me aceptarían.

—Pero Noir, no pueden aceptarte —dije, un poco mareado después de mirar a los remolinos rojos y verdes de sus pupilas—. Eres un supervillano...

—¡Eso es discriminación! —dijo Noir muy enfadado—. En realidad, he secuestrado a esa chica para obligarte a negociar. Podemos llegar a un acuerdo. Tú hablas con tu abuela y yo la libero, ¿eh? ¿Qué te parece?

—Pues... No sé... muy bien...

La cabeza me daba vueltas como una peonza, y solo veía espirales de colores flotando a mi alrededor y dando vueltas como tiovivos. No podía concentrarme en lo que Noir me decía. Lo único que me apetecía de pronto era dormir. Tenía sueño. Sueño... mucho sueño...

De repente, como entre nubes, vi que mi monopatín salía disparado, daba un par de vueltas en el aire y caía directamente sobre la cabeza de Noir.

—Ayyy —fue lo único que pudo decir el hechicero intergaláctico—. Maldita sea...

El monopatín remontó el vuelo y otra vez se lanzó en picado sobre Noir. ¡Le estaba atacando como una gaviota furiosa! Pero yo seguía viéndolo todo borroso. Qué rabia...

—Basta, Ruth —le oí decir a Noir, temblando—. Basta, por favor. Haz que pare este trasto infernal y me iré, te lo prometo.

—Pues ya puedes empezar a correr —contestó mi abuela, justo detrás de donde yo estaba tirado—. Y como te vuelva a ver metiéndote con mi nieto, no va a ser un monopatín lo que te ataque. Puedo usar armas más convincentes. ¿Te he contado alguna vez lo de aquel portaaviones que envié volando a lo más profundo del desierto de Gobi?

Creo que a mi abuela no le habría importado recordarle a Noir aquel episodio, pero el malvado hechicero no se quedó para escucharla. Salió huyendo a velocidad supersónica... Corría tan deprisa, que después de un rato mi monopatín ya no pudo seguirle.

Yo había observado toda la escena desde el suelo. Aunque Noir se había ido, la cabeza seguía dándome vueltas.

Mi abuela se arrodilló junto a mí.

—¡Pobre Lucas! —murmuró—. Estás muy, muy, débil. Tienes que tener mucho cuidado con los ojos de Noir. Son muy peligrosos.

—Lo sé, abuela. ¡Siempre me la juega con ellos! Voy a tener que empezar a usar gafas de sol cuando luche con él. En fin, abuela, muchas gracias, pero ahora tengo que irme. Me espera la Luna... ¡Ayyyy!

Al intentar ponerme de pie, sentí un pinchazo en la nuca que me hizo ver las estrellas, y me caí de bruces contra la arena.

—Lo siento, Lucas —dijo mi abuela, acariciándome el pelo con suavidad—. La Luna va a tener que esperar por ahora... Los hechizos de Noir son poderosos, y uno no se recupera tan fácilmente: vas a tener que esperar al menos dos semanas para poder volver a caminar.

Capítulo 5

Creo que estas dos últimas semanas han sido las más largas de mi vida.

Al principio pensé que quedarme en el Hogar del Superhéroe Jubilado hasta que se me pasasen los efectos del ataque de Noir sería divertido: playas, sol, palmeras, el ruido de las olas... en resumen, el sitio perfecto para recuperar las fuerzas tranquilamente.

Pero pronto me di cuenta de que el «hogar» no tenía nada de tranquilo. Los superhéroes retirados se pasan el día haciendo cosas, yendo a clases de esto y de lo otro, y organizando excursiones...

Mi abuela Ruth se empeñó desde el principio en que yo participase en el programa de actividades. Dijo que me vendría bien para fortalecerme. Ella se encargó de telefonear a mis padres para explicarles que iba a quedarme en la isla unos cuan-

VIDADES

tos días. Mis padres, una vez que se les pasó el susto, aceptaron la situación sin problemas...

Yo me alegré, porque así no tendría que darles explicaciones cuando intentase ir a la Luna para rescatar a Leonor. Escribí a Cadmio y le pedí que enviase mi nave recién reparada a la isla en un paquete. Llegó en avión después de cuatro días, en una caja de cartón tan grande como un camión de mudanzas. Ponía «MUY FRÁGIL» por todas partes, pero cuando abrí la caja comprobé que la nave estaba en buen estado, y que ninguna pieza se había roto. ¡Menos mal!

Ahora solo me quedaba recuperarme, y por desgracia la cosa iba despacio. Todos los días, cuando me despertaba, sentía que la cabeza me daba vueltas, y empezaba a ver cosas raras. Al principio creía que eran estrellas girando alrededor de mi cabeza, pero no. Eran Lunas... Lunas llenas, cuartos crecientes, cuartos menguantes y Lunas nuevas, girando y girando como abejas zumbonas a mi alrededor. ¡Qué mareo!

Y entonces empecé a participar en las actividades de los superhéroes jubilados. Los lunes había voleibol en la playa; los martes, pintura; los miércoles, bailes de salón; los jueves, surf; y los viernes, taller de manualidades.

Suena divertido, ¿verdad? Pues no lo era.

Los partidos de voleibol se convertían en auténticas pesadillas, con mi abuela haciendo girar la bola en plena caída hacia el campo contrario y su amiga Katy golpeándola con su enorme cola de ballena desde el mar. Yo estaba en el equipo de mi abuela, y Mac Mosquito, que era del equipo rival, aprovechaba cualquier descuido para venir volando y picarme en un brazo o detrás de la oreja. Así, era imposible concentrarse en el partido.

A lo mejor pensáis que las clases de pintura de los martes eran más tranquilas... Yo también tenía esa esperanza, pero me equivocaba. Todos aquellos ancianos superhéroes aprovechaban las clases para practicar sus oxidados superpoderes, y el resultado era que los tubos de pintura volaban como pájaros kamikazes de un lado a otro de la habitación, los pinceles pintaban solos (no siempre en el papel, a veces en mi cara), y Sweet lo llenaba todo de manchas de chocolate y sirope de fresa, que era lo que ella usaba para pintar. ¡Tendríais que haber visto los cuadros que salían! Y lo peor es que luego los colgaban en el comedor y en los pasillos de la residencia. Cuando ibas andando por aquellos pasillos, era como ir uno hundiéndose poco a poco en una pesadilla. O pasabas corriendo con los ojos cerrados, o empezabas a ver luces raras y parpadeantes a tu alrededor. Aquellos cuadros te atacaban como auténticos supervillanos con sus horribles colores.

Pero sin duda, el peor día era los miércoles. Todas las amigas de mi abuela querían que yo fuera su pareja en la clase de bailes de salón, porque tengo los pies pequeños y eso significa que mis pisotones no duelen tanto como los de un adulto. Como si ellas no pisaran... ¡Madre mía! Aquello era

como atravesar un campo de minas a la carrera. Tenías que ser rapidísimo de reflejos para quitar el pie justo antes de que Sweet o Katy te pusieran el suyo encima. ¡Eso sí que era hacer ejercicio!

Los jueves, en cambio, estaban mejor. Ese día me dejaban usar mi supermonopatín en las clases de surf, y me divertía de verdad. De vez en cuando tenía que esquivar a Katy, que aparecía flotando en forma de enorme ballena y nos echaba chorros de agua para divertirse. Pero, quitando ese pequeño problema, me encantaban las clases de surf. Eran increíbles...

Los viernes, aprovechaba el taller de manualidades para darle a mi nave unos cuantos toques personales. Le puse lámparas hechas de pinzas en la cabina, embellecedores de pasta de papel y cortinas de ganchillo. Con las cortinas me ayudó mi abuela.

Luego quité las cortinas, porque hacían que la nave pareciese la habitación de una chica, y puse encima de los paneles de control un barco metido en una botella. Queda muy bonito, en serio.

Y mientras tanto, esperaba a ponerme bien del todo, y cada noche espiaba la Luna. Y cada noche la veía hacerse más y más grande...

—¿Cuarto creciente, verdad? —le pregunté una noche a mi abuela—. Tiene forma de «D», y tú me dijiste que la Luna es mentirosa: cuando dice que «decrece», es que está creciendo.

La abuela sonrió.

—Justamente —dijo—. Cuatro días más, y tendremos Luna llena.

Decidí esperar a ese día, que era sábado, para hacer mi expedición al territorio lunar y salvar a Leonor. Los superhéroes retirados tenían planeada una excursión a una isla cercana para todo el fin de semana. Era el momento perfecto... El sábado por la noche, me levantaría antes del amanecer, llevaría la nave a las pistas de aterrizaje de la residencia y, desde allí, ejecutaría el programa de lanzamiento.

La noche anterior no pude dormir de los nervios que tenía. En aquellas dos semanas, no había vuelto a tener noticias de Leonor, y tampoco de Noir. De vez en cuando entraba en internet para actualizar mi página web y echarle un vistazo a la de Leonor. Nada, ninguna novedad...

¿Estaría aún en la Luna, esperando a que la rescatara?

Pronto, muy pronto, lo descubriría.

Capítulo 6

Estaba a punto de empezar la cuenta atrás. Yo siempre la empiezo a partir del número cincuenta.

«Cincuenta, cuarenta y nueve, cuarenta y ocho, cuarenta y siete…».

Mientras iba diciendo los números encendía los botones de los motores, el escudo antirradiación y todo lo demás. Los tubos de escape de la nave ya habían empezado a echar humo. Era el momento decisivo. Estaba totalmente concentrado…

Y de repente, oigo dos golpecitos: «toc, toc».

¡Alguien estaba llamando a la puerta!

Algunas veces, las visitas eligen cada momento para presentarse… Pero bueno, como habían llamado tan educadamente, no me quedaba más remedio que abrir.

Paré el despegue, apagué los motores y, con un suspiro, me fui hacia la puerta de la nave.

¿Adivináis quién estaba al otro lado?

—Holaaaa. Sorpresaaaaa... —me saludó con voz falsa y empalagosa.

Era ni más ni menos que Noir.

—Esta vez no vas a detenerme —le dije, furioso—. Voy a ayudar a esa chica, cueste lo que cueste. No puedes ir secuestrando niños por ahí, ¿qué te has creído?

—¿Te refieres a Leonor? Ah, sí, la pobre... Espero que no se le hayan acabado las latas de comida. En todo caso, ya no importa. Ah, y por cierto, no te molestes en ir a buscarla... No la encontrarás.

—¡Ja! Eso es lo que tú te crees. Con mi ultratelescopio de bolsillo puedo detectar la radiación infrarroja en cualquier punto de la Luna. Descubriré el refugio y salvaré a Leonor... Y tú no podrás impedírmelo.

—Ya. —Noir dio un paso atrás en las escaleras y miró perezosamente hacia el cielo oscuro—. Creo que no me has entendido.

Su dedo huesudo y nudoso como una rama vieja apuntaba hacia la Luna.

—¿Le has echado un vistazo en la última media hora? —me preguntó con suavidad—. Créeme, deberías haberlo hecho.

—Yo… estaba ocupado preparando el despegue. Pero, por qué, ¿pasa algo? Diablos…

Sí que pasaba algo, y muy gordo. La Luna, que al principio de la noche estaba llena, ahora estaba… como rota. Era como si le hubiesen dado un mordisco… Como si le faltase un trozo.

No era que, de pronto, la Luna hubiese cambiado de fase. Después de lo que me había explicado la abuela Ruth, yo sabía que eso no podía suceder. La Luna cambia un poco cada día a medida que va completando su giro de veintinueve días y medio alrededor de la Tierra. Pasa de Luna llena a cuarto menguante poco a poco. No de repente, en unos minutos…

No. Esto tenía que ser otra cosa.

—¿Qué… qué le has hecho a la Luna, Noir? —pregunté con voz temblorosa.

—Digamos que la he destruido… en parte. Como ves, he dejado un buen trozo. Depende de ti que siga estando ahí… o que desaparezca como el resto.

—Pero qué… ¿cómo lo has hecho? ¿Y qué quieres que haga yo? ¿Qué tengo que hacer?

—Poca cosa. Solo entregarme tu nave y tu monopatín mágico. A cambio de eso, no destruiré la Luna... lo que significa que no destruiré a Leonor.

—Pero no puedes hacer una cosa tan malvada. Ni siquiera el mayor supervillano se atrevería a algo tan terrible. La Luna es de todos, Noir. Y es muy necesaria...

—Tal vez en los tiempos antiguos, cuando no existía la luz eléctrica. Ahora, podemos pasarnos sin ella perfectamente. Pero en fin, estoy dispuesto a dejarla en su sitio, por ahora, si tú cumples tu parte. Mira, he traído este contrato explicando lo que tienes que hacer. Solo tienes que firmarlo.

—Un momento —el cerebro me hervía de pensar tan deprisa—. Un momento, Noir... ¿Y si es un truco? Ya me la has jugado demasiadas veces... ¿Y si eso que se ve no es más que... que una trampa? ¿Sabes lo que te digo? La Luna es muy grande... ¡Y no creo que tú seas tan poderoso como para destruirla!

—La Luna es muy grande, sí —admitió Noir tranquilamente—. Tiene 1 736,6 km de radio, para ser exactos. Un hechicero vulgar y corriente no podría destruir una mole como esa... Pero yo no soy un hechicero normal y corriente.

—No —murmuré—. Tú lo que eres es... es... un mentiroso.

Sin esperar su respuesta me colé dentro de la nave y le cerré la puerta en las narices. Lo primero que hice en cuanto estuve dentro fue conectar mi superordenador y meterme en internet. Tenía una sospecha. Lo que le estaba pasando a la Luna no podía ser que, de pronto, le faltase un trozo... Era, sencillamente, que ese trozo ahora ya no se veía. Pero ¿por qué no se veía? Debía existir una explicación; una explicación científica.

Escribí la palabra «Luna» en el recuadro de búsqueda de mi enciclopedia virtual. Al principio estaba tan nervioso, que no entendía ni lo que leía. Además, en el artículo había muchas palabras difíciles. Pero al final del texto, encontré lo que buscaba.

Prácticamente fue como si el dibujo me saltara a la vista. Era una imagen de la Luna con una enorme sombra sobre ella... ¡La sombra de la Tierra!

La explicación del dibujo era bastante clara: «Cuando la sombra de la Tierra cae sobre la Luna, se produce un eclipse de Luna», decía.

Un eclipse de Luna. Eso era lo que acababa de ver, un eclipse...

Seguí leyendo el artículo. Por lo visto, eso de los eclipses de Luna sucede con bastante frecuen-

CALENDARIO

cia. Dos o tres veces al año... Hasta había un calendario indicando en qué días se producirían los siguientes.

Una de las fechas marcadas en rojo era el 18 de agosto de este año... ¡O sea, justamente el día en el que estábamos!

Por un momento, pensé en salir otra vez de la nave y desafiar a Noir por haber intentado engañarme de nuevo. Pero luego me lo pensé mejor. Si salía a hablar con él, perdería un montón de tiempo y, además, me arriesgaría a que volviese a tenderme una de sus trampas mirándome con sus ojos de colores.

No. Esta vez tenía que ser más listo que él. Tenía que adelantarme.

En realidad, lo único que debía hacer era continuar con la secuencia de despegue donde la había dejado. Así que respiré hondo, encendí el botón verde de los motores y seguí con la cuenta atrás:

—Cuarenta y seis, cuarenta y cinco, cuarenta y cuatro, cuarenta y tres, cuarenta y dos, cuarenta y uno... ¡Cuarenta!

Capítulo 7

¡Es un sitio increíble, la Luna!

Con sus cráteres enormes, su cielo negro y la Tierra allá enfrente, una bola enorme y azul... ¡Es un paisaje perfecto para un superhéroe!

Y encima, como la fuerza de la gravedad allí es muy débil, cuando andas parece que flotas, porque tardas un montón en volver a poner los pies en el suelo. Sientes que no pesas, y es casi como estar volando. Incluso mejor que usar un monopatín supersónico, como el mío...

Tranquilos, no me estoy poniendo romántico. Pero la verdad es que al pisar nuestro satélite por primera vez, sentí una extraña emoción. Unas horas antes, había llegado a creer que la Luna estaba en peligro por culpa de Noir. Y de pronto, poco después, había alunizado en uno de sus cráteres. ¡Casi no podía creérmelo!

Solo cuando sonó la alarma de mi telescopio portátil recordé que no había ido allí de vacaciones. Estaba en una misión. Tenía que encontrar a Leonor, y mi telescopio de infrarrojos acababa de localizar un refugio habitado. Estaba a setecientos kilómetros al norte del lugar de alunizaje. Prácticamente a un tiro de piedra, como se suele decir...

Saqué de la nave mi cañón de transporte ultraveloz y le introduje las coordenadas del lugar que señalaba el telescopio. Después, me metí dentro. En una cápsula, claro. Lanzarse sin cápsula en un cañón de transporte ultraveloz no es muy aconsejable. Puedes terminar más chamuscado que un trozo de carbón en una barbacoa.

Cuando salí medio saltando y medio flotando de mi cápsula, vi unos grandes ojos verdes clavados en mí. Me miraban desde una cara pecosa y bastante agradable. Pero un segundo después, la cara desapareció... y quedaron solamente los ojos verdes.

—¿Leonor? —pregunté, sacudiéndome el polvillo gris de los pantalones—. ¿Leonor, eres tú? Oye, no desaparezcas, que he venido a salvarte...

Lentamente, la cara alrededor de los ojos verdes se fue materializando de nuevo.

—Lo siento —dijo Leonor—. A veces desaparezco sin querer. Normalmente domino bastante bien mis poderes de invisibilidad, pero si estoy nerviosa, pueden fallarme...

—¿Estás nerviosa ahora? —pregunté con curiosidad.

—Sí... ¡Digo no! —Leonor frunció el ceño—. Por cierto, muchas gracias por venir a buscarme. Aunque has tardado un mes en decidirte... ¿Se puede saber a qué estabas esperando?

—Oye, oye, que la culpa no ha sido mía —me defendí—. Ha sido ese maldito Noir. Me hechizó con sus ojos cuando estaba a punto de venir y... Eh, un momento: pero ¿tú no estabas prisionera? ¿Qué haces paseando tranquilamente por la Luna?

—Que pueda pasear por la Luna no significa que no esté prisionera —replicó Leonor malhumorada—. ¿Es que no te das cuenta? No puedo ir a ningún sitio, sin nave. Noir no necesitaba cerrar la puerta del refugio para asegurarse de que no pudiera volver a la Tierra.

—¿Y no podías haber usado tus poderes de invisibilidad para colarte en su nave antes de que se fuera? Era una forma de volver...

—Sí. Ya. Qué buena idea, no lo había pensado...

Leonor estaba siendo sarcástica. ¡Qué desagradecida, encima de que la había ido a rescatar. Supongo que ella misma se dio cuenta de que se había pasado de la raya, porque después de aquello cambió el tono.

—Noir me hechizó con sus ojos de colores —me explicó, esta vez sin ironía—. Durante varios días, la cabeza no dejaba de darme vueltas. Por eso no pude seguirle ni utilizar mis poderes para escapar... ¡Estaba hecha polvo!

—Entiendo —asentí—. Sé lo que es sufrir los hechizos de Noir... Por experiencia.

—Ojalá pudiésemos pararle los pies. Ese maldito hechicero intergaláctico me tiene frita. Si no hubiera sido por ti, a lo mejor me habría tenido que pasar años aquí sola en la Luna. ¡Me habría muerto de aburrimiento!

—Y de hambre.

—Bueno, no te creas. Aprovechando que aquí he tenido mucho tiempo libre, sin nadie a quien salvar, he fabricado un dispositivo para transformar las rocas lunares en queso. Lo he perfeccionado bastante, incluso puedo fabricar quesos de distintas clases: con los trozos de meteoritos hago queso emmental, con el basalto de los cráteres, queso cheddar...

—Vaya, pues si estabas tan entretenida con tus quesos a lo mejor no te hacía falta que viniera nadie a salvarte —dije de mal humor.

—Te equivocas —murmuró Leonor, mirándome con sus ojos como esmeraldas—. Me hacía mucha falta que vinieras. Y te estoy muy, muy, agradecida. ¿Quieres que te lo demuestre?

Entonces Leonor hizo algo que..., algo que... Bueno, una de esas cosas extrañas que hacen las chicas. Me dio un beso en la mejilla. ¡En serio, os lo prometo! Fue horrible. Me puse colorado como un tomate.

Esto tendría que explicarlo mejor. La verdad es que fue horrible porque no fue horrible. No sé si se entiende bien lo que quiero decir...

Fue horrible porque fue agradable, porque..., porque... ¡porque me gustó, ya está!

Claro que eso no pienso decírselo a Leonor. Con lo creído que se lo tiene, solo falta que se piense que yo... bueno, pues eso. Y no es que no me caiga bien, que conste. Cuando llegas a conocerla un poco, resulta que es bastante maja.

En el viaje de vuelta a la Tierra, me reí un montón cuando se puso a imitar a Noir. Hasta hacía con los ojos una cosa parecida a lo que hace él.

Casi consigue hipnotizarme... Pero no llegó a conseguirlo, claro. Leonor es una chica muy especial, pero, desde luego, no es una hechicera intergaláctica. Afortunadamente...

En todo caso, me alegro de que los dos estemos en el mismo bando. Quién sabe, a lo mejor alguna vez le pido que me eche una mano para ayudarme a derrotar de una vez por todas a ese pesado de Noir...

Ana Alonso

Desafío Lunar

ANAYA

LAS FICHAS DE PIZCA DE SAL

1 Para observar

1 Observa la **Luna** siete noches seguidas y dibuja su aspecto. Si algún día está nublado y no ves nuestro satélite, dibuja una nube.

1	2	3	4

5	6	7

PIZCA DE SAL

Contenidos

Fases lunares

Actividades

De refuerzo: 1 y 2

2 **Contesta a las siguientes preguntas:**

a) **¿En qué fase** estaba la **Luna** el primer día?

llena

b) **¿En qué fase** está la **Luna** el séptimo día?

menguante

c) ¿Cuál será la **siguiente fase de la Luna?**

cuarto creciente

Nombre: Nicolás Balás

85

2 Para comprender lo leído

Contenidos:

Movimientos de la Luna

Fases lunares

Actividades:

De refuerzo: 1, 2, 3, 4 y 5

1 La primera vez que **Noir** intenta engañar a **Lucas** diciéndole que está **destruyendo la Luna, ¿qué es lo que ha sucedido** realmente?

que no la esta destruyendo

2 La abuela de **Lucas** le explica **cómo distinguir la fase lunar** de **cuarto menguante** de la fase de **cuarto creciente.** Resume aquí debajo su explicación.

el cuato menguante esta en forma de D y el cuarto creciente esta en forma de C

86

3 **¿Cómo descubre Lucas,** cuando está a punto de partir hacia la luna, **que Noir le está engañando?**

4 **¿Por qué Lucas,** cuando **camina sobre la Luna,** se siente como si **flotara?**

5 Según la información que encuentra **Lucas** en internet, **¿qué es un eclipse lunar?**

Nombre: ______________________ 87

3 Para estimular la creatividad

1 Realiza este sencillo **«indicador de fases lunares».**

Materiales:
Dos cartulinas magnéticas, pinturas, papel charol negro y un compás.

Procedimiento:

a) Traza con un compás dos círculos iguales en dos cartulinas magnéticas. **Pinta el primero de amarillo.** Sobre el segundo, pega **papel charol negro.**

b) Pega las dos cartulinas en tu nevera. Cada noche, después de observar la **Luna,** puedes reproducir la **fase** en la que se encuentra moviendo el **círculo negro sobre el amarillo.**

PIZCA DE SAL

Contenidos:

Movimientos de la Luna

Fases lunares

Actividades:

De ampliación: 1 y 2

Interdisciplinares con Plástica: 1 y 2

2 **En una cartulina, dibuja un calendario de todo el mes próximo con un cuadrado del mismo tamaño para cada día.**

a) Busca en internet **en qué día** del próximo mes caerá la **Luna llena** y en **cuál la Luna nueva.**

b) Dibuja en tu calendario la **Luna llena** como un círculo con una cara sonriente, y la **Luna nueva,** como un círculo negro, en sus fechas correspondientes.

c) Puedes repetir este proceso con todos los meses para conseguir un **calendario lunar** completo.

Las distintas fases de la Luna

Nombre: ______________________ 89

4 Para aprender a aprender

1 **En grupos de cuatro, vamos a representar un eclipse lunar.**

Necesitaréis **plastilina** y **linternas.** Cada grupo hará una esfera de plastilina del tamaño de una pelota de ping pong para representar la **Luna** y otra del tamaño de una naranja para la **Tierra.**

a) Colocad la **Luna** sobre una mesa, y la **Tierra** a 20 cm de la **Luna.** Situad una linterna a 60 cm de la Tierra y en línea con ella. Encended la linterna y enfocadla sobre el lado derecho de la **Tierra,** de modo que esta proyecte una sombra sobre el lado izquierdo de la **Luna.**

b) Moved la linterna en un círculo alrededor de la **Tierra** en el sentido de las agujas del reloj, deteniéndoos cada 25 cm aproximadamente para marcar cada **fase del eclipse.** Alguien del grupo irá dibujando las sombras que se van proyectando sobre la Luna en las distintas fases del eclipse.

Contenidos

Movimientos de la Luna

Eclipse lunar

Actividades

Complementarias: 1 y 2

En equipo: 1 y 2

2 Copia en estos recuadros **tres fases del eclipse** a partir de los dibujos realizados por tu grupo.

Nombre: ______________________________

5 Para pensar y relacionar

1 Explica con tus palabras en qué se diferencia un **eclipse lunar** de un **eclipse solar**.

2 Indica si esta frase es **verdadera** o **falsa**, y **por qué.**

«Un eclipse solar se produce cuando el sol se introduce entre la Tierra y la Luna».

PIZCA DE SAL

Contenidos:

Movimientos de la Tierra

Movimientos de la Luna

Fases lunares

Actividades:

De refuerzo: 1, 2 y 3

3 Explica en qué **se parecen** y en qué **se diferencian** un **eclipse total de Luna** y la fase de **Luna nueva.**

Se parecen:

____

____

____

Se diferencian:

____

____

____

Nombre: ____________________

6 Para investigar

1 Observa la Luna cuando sale y, utilizando una brújula, indica su **posición aproximada** en relación con los **puntos cardinales** (Nordeste, Este, Sudeste, Sur, Sudoeste, Oeste, Noroeste). Repite las observaciones cuatro noches seguidas y anota los resultados en esta tabla.

	Noche 1	Noche 2	Noche 3	Noche 4	Noche 5
Posición de la Luna					

Contenidos:

Movimientos de la Luna

Puntos cardinales

Actividades:

Extraescolares: 1 y 2

2 **A partir de las observaciones que has realizado, contesta a las siguientes preguntas:**

a) **¿Sale la Luna** cada día en la **misma posición?**

____

b) **¿Sale la Luna** cada día a la **misma hora?**

____

c) **¿Cuándo se ve más grande la Luna,** cuando acaba de salir o más tarde? ¿A qué piensas que puede deberse esto?

____

____

Nombre: _______________________________

7 Para aplicar lo aprendido

1 Cuando vemos la Luna en el cielo, ¿cómo podemos distinguir si se encuentra en **fase de cuarto creciente** o en **fase de cuarto menguante?** Explícalo aquí e ilustra tu explicación con un dibujo.

PIZCA DE SAL

Contenidos:

Fases lunares

Movimientos de la Luna

Actividades:

De refuerzo: 1, 2, 3 y 4

2 Si la Luna se encuentra actualmente en **fase de Luna llena, ¿cuál será la siguiente fase** por la que le toca pasar?

3 **¿Cuánto tiempo tarda la Luna** en dar una **vuelta completa alrededor de la Tierra?**

4 **¿Cuánto tiempo tarda la Luna** en dar una **vuelta completa sobre sí misma?**

Nombre: ______________________

Para aprender a aprender

1 Explica con tus palabras el significado de este dibujo en el que se ve cómo se produce un **eclipse de Luna**:

PIZCA DE SAL

Contenidos:

Eclipse lunar

Actividades:

De ampliación: 1 y 2

2 Ahora, observa las imágenes de abajo con las distintas **fases del eclipse lunar.** **Señala cuál** de ellas **corresponde a un eclipse total,** y redacta aquí una breve explicación de las imágenes.

Nombre: ______________________

9 Para expresarse por escrito

1 Lee el siguiente texto. **Imagina un diálogo entre los protagonistas** de la historia y escríbelo en tu cuaderno. **Haz un dibujo sobre la escena** en una cartulina e introduce los diálogos escribiéndolos en bocadillos como si fuera la viñeta de un cómic.

Cristóbal Colón y el eclipse Lunar

El 29 de febrero de 1504 se produjo un eclipse de Luna. Cristóbal Colón se encontraba ese día con la embarcación varada en la isla de Jamaica, y utilizó el eclipse lunar para convencer a los nativos de que los dioses estaban enfadados con ellos porque no querían ayudar a reparar su barco.

PIZCA DE SAL

Contenidos:

Movimientos de la Luna

Eclipse lunar

Actividades:

De ampliación: 1 y 2

Interdisciplinares con Lengua: 1 y 2

Interdisciplinar con Plástica: 1

2 **Imagina que la Luna tardase solo cuatro días en dar la vuelta alrededor de la Tierra. Explica lo que veríamos si mirásemos la Luna durante cuatro noches seguidas.**

Nombre: ______________________

10 Para comprender lo leído

1 Lee este texto y, después de leerlo, **resúmeselo a tu compañero en voz alta** (debéis turnaros).

Los científicos piensan que la Luna se formó tras la colisión de la Tierra con un antiguo planeta del tamaño de Marte. El impacto fue tan brutal, que miles de billones de toneladas de material se habrían evaporado y derretido.

La Luna se habría formado a partir de esos materiales que salieron despedidos en el choque entre los dos planetas. Al principio, la Luna estaría más cerca de la Tierra, por lo que las mareas, debidas al efecto de la atracción entre ambos cuerpos, serían mucho más intensas.

Contenidos:

Origen de la Luna

Movimientos de la Luna

Actividades:

De ampliación: 1 y 2

En equipo: 1

2 **Después de leer el texto anterior, contesta a las siguiente preguntas:**

a) **¿Se formó la Luna** al mismo tiempo que la **Tierra?**

b) **¿Cómo crees que se vería la Luna** desde la **Tierra** poco después de su formación?

Nombre: ______________________

Ana Alonso
Desafío lunar
Ilustraciones de Lucía Serrano